Christine Raudies

Seeräuber-geschichten

Mit Illustrationen von
Sebastian Coenen

gondolino

ISBN: 978-3-8112-3071-2

Reihenlogo: Petra Theissen
Umschlagillustration: Martina Kohl
Printed in Germany – 010
5 4 3 2 1

Der Umwelt zuliebe gedruckt auf chlorfrei gebleichtem Papier.

www.gondolino.de

Inhalt

Mit Hörrohr im Nordmeer

„Heiliges Kanonenrohr!“
Käpt’n Seeteufel,
der Anführer der Flotten Flunder,
starrte entsetzt aufs Meer.
Wohin der Seeräuber auch blickte,
er sah nichts als Treibeis
und dicke Eisschollen.

Eigentlich wollte er auf der Nordsee
mit seiner Mannschaft
Handelsschiffe überfallen.
Aber das hier konnte
nie und nimmer die Nordsee sein!
Wohin hatte
der verrückte Steuermann
das Schiff diesmal bloß gelenkt?

Aufgebracht rief Seeteufel
den Steuermann zu sich.
Flunk schlurfte heran.
Früher war Flunk
ein gefürchteter Pirat gewesen.
Aber inzwischen war er alt
und etwas schwerhörig geworden.
Deshalb musste er
ein Hörrohr benutzen.
Aber das hatte in letzter Zeit
auch nicht mehr richtig geholfen.

Die Piraten mussten brüllen,
damit Flunk sie verstand.
„Aye, Käpt'n", sagte er misstrauisch.
Er ahnte schon,
dass es Ärger geben würde.
Seeteufel beugte sich
über das Hörrohr und rief hinein:
„Hast du eine Ahnung,
wo wir hier sind?"
„Klar, Käpt'n", erklärte Flunk.
„Mitten im Nordmeer.
Nordpol direkt voraus."
Seeteufel starrte
den Steuermann an
und raufte sich entsetzt die Haare.
„Nordsee!", schrie er Flunk an.
„Ich hab Nordsee gesagt!"

Er brüllte so laut,
dass Flunk es diesmal
auch ohne Hörrohr verstand.
„Oje, oje", jammerte Flunk.

„Ich hab mich auch schon gefragt,
was wir in dieser Kälte wollen."
Es war wirklich furchtbar kalt.
Überall am Schiff hingen Eiszapfen.
Auch am Bart von Käpt'n Seeteufel.

Und sogar am Hörrohr.
„Man sollte dich
auf einer einsamen Insel
aussetzen“,
tobte Käpt’n Seeteufel.
Jetzt war Flunk beleidigt.
„Kann doch jedem mal passieren“,
murmelte er gekränkt.
„Nordsee oder Nordmeer,
klingt doch alles gleich!“

Da wurde Seeteufel noch wütender.
„Du bist entlassen!“, donnerte er.
„Ab in die Kombüse,
Kartoffeln schälen!“
Flunk dachte gar nicht daran,
den Befehl zu befolgen.
Er blieb stehen
und starrte den Käpt’n wütend an.
Das konnte sich Seeteufel natürlich
nicht gefallen lassen.

Mit festem Griff packte er Flunk
und schob ihn in Richtung Kombüse.
Vor Schreck fiel dem Steuermann
das Hörrohr aus der Hand.
Es landete krachend auf dem Deck.
Ein Ohrring kullerte heraus.
„Meine Güte!“, stammelte Flunk.
„Den such ich ja schon ewig.“

Er guckte ins Hörrohr
und pustete hinein.
Dann hielt er es ans Ohr.
„Ich höre das Meer rauschen!“,
rief er begeistert.
Und so kam alles in Ordnung.
Käpt’n Seeteufel ließ Flunk
wieder ans Ruder.
Die Piraten fuhren in die Nordsee.
Und der Steuermann versprach,
sein Hörrohr in Zukunft
regelmäßig zu putzen.

Kampf mit dem Teufelsfisch

Neptun und Klabautermann!
Das war eine Geschichte,
die Nelly Eisenhand den Piraten
in der Stranddistel auftischte.
Die Stranddistel
war eine Hafenspelunke in Husum.
Hier saßen die Seeräuber
oft zusammen
und sponnen Seemannsgarn.
Und Nelly Eisenhand hatte immer
eine besonders gute Geschichte
auf Lager.
„Wir kamen gerade
von einer wilden Kaperfahrt“,

begann sie zu erzählen.
„Da braute sich vor uns
ein Unwetter zusammen.
So etwas hatten wir
noch nie gesehen.
Tiefschwarze Regentropfen fielen
vom Himmel wie flüssiges Pech.
Unser Schiff tanzte auf den Wellen
wie ein Nussschale.“

Sie machte eine kleine Pause.
„Aber es kam noch schlimmer.
Aus den Tiefen des Meeres
tauchte auf einmal ein Untier auf.
Größer als der größte Walfisch,
Furcht erregender als
der schlimmste Krake:
der gefürchtete
Tiefsee-Teufelsfisch!“

Nelly schaute mit blitzenden Augen
in die Runde.
Die Piraten hielten die Luft an.

„Mit scharfen Zähnen schnappte er
nach unserem Segler.
Sein Maul war riesig.
Mit einem Happen
hätte er unser Schiff
verspeisen können!"

Die Seeräuber starrten Nelly
ungläubig an.

Aber sie erzählte unbeirrt weiter:
„Dreizehn Tage und Nächte dauerte
der Kampf mit dem Untier.
Da gelang es mir endlich,
die Bestie zu bezwingen.“
Sie zwinkerte ihren Hörern zu.

„Mit einem riesigen Satz sprang ich
auf den Rücken des Fisches.
Ich zog ein Seil
durch seinen geöffneten Schlund.
Fast hätte der Teufelsfisch mich
ins Meer geschleudert.
Aber ich konnte mich doch
zurück auf unser Schiff retten."
In der Stranddistel hätte man
eine Stecknadel
fallen hören können,
so aufmerksam wurde zugehört.
Nelly rückte die Messer
in ihrem Gürtel zurecht
und erzählte weiter:
„Auf dem Schiff band ich das Seil
mit einem unlösbaren Knoten fest.

Als der Fisch merkte,
dass er gefangen war,
tauchte er ab.
Er zog unser Schiff
kreuz und quer durchs Meer.
Aber er konnte uns
nicht abschütteln.
Schließlich kam er erschöpft
an die Oberfläche zurück."
Nelly grinste in die Runde.

„Wie durch ein Wunder
hatte die ganze Mannschaft
überlebt.
Fortan war das Biest gezähmt.
Noch viele Jahre,
wenn wir auf Kaperfahrt gingen,
zog er unser Schiff.
Wenn andere Seeleute ihn sahen,
ergaben sie sich ohne Gegenwehr.
Und wir brachten noch mehr Gold
nachhause als bisher."
Die Piraten lachten
und klatschen Beifall.
Sie waren sich völlig einig:
Im Geschichtenerzählen war Nelly
einfach unschlagbar.

Zahnweh auf hoher See

Hauke Kümmel der Gefürchtete
öffnete gerade
eine Flasche Kokosnussmilch.
Er machte das mit den Zähnen,
wie es schlecht erzogene Piraten
manchmal tun.
Aber plötzlich schrie er auf.

„Au, oh, aua, o weh!“, jammerte er
und hielt sich die Wange.
„Mir ischt ein Tschan abgebrochen“,
heulte er.
„Lass mal sehen!“,
verlangte Mia Maria Seeglöckchen,
die Steuerfrau der Butterblume.
Hauke klappte gehorsam
den Mund auf.
Mia schaute gründlich hinein.
„Da hilft alles nichts“, sagte sie
und klappte Haukes Mund
wieder zu.
„Du musst zum Zahnarzt.
Der Zahn muss raus!“
„Tschum Tschanartscht?“,
fragte Hauke verzweifelt.

„Wie scholl dasch gehen?"
Er hatte Recht.
Die Butterblume segelte gerade
mitten auf dem Ozean.
Der nächste Hafen war
meilenweit entfernt.
„Dann müssen wir ihn ziehen",
sagte Mia Maria entschlossen.
„Hat jemand eine Idee?"

Die Piraten steckten
die Köpfe zusammen.
„Wir binden den Zahn
mit einer Schnur am Mast fest.
Der Käpt'n springt von oben
ins Wasser,
und schwupps ist der Zahn raus",
schlug der bucklige Klaus vor.
„Ich könnte dem Käpt'n
mal so richtig eine verpassen",
bot Hein Fliegenfisch an.

„Dann fliegt der Zahn
von ganz alleine raus.“
„Wir stecken etwas Schwarzpulver
in den hohlen Zahn.
Dann zünden wir es an!“,
sagte der dusslige Dorian.
„Meine Güte!“, schimpfte Mia.
„Seid ihr denn alle völlig verrückt?
Wir wollen doch nur
einen Zahn ziehen
und nicht unseren Käpt’n umhauen.“
Die Piraten grübelten,
bis es ihnen aus den Ohren rauchte.
Aber ihnen fiel nichts mehr ein.
Schließlich waren sie ja auch
angeheuert worden,
um Schiffe zu plündern.

Und nicht um Zähne zu ziehen.
„Ruderboot direkt voraus!“,
brüllte da Robert der Teufel.
Ein Ruderboot
mitten auf dem Ozean!

Das war schon sehr merkwürdig.
Aber es kam noch besser.
„Guten Morgen!“, grüßte die Dame,
die im Boot saß.

Sie hatte eine Tasche
und einen Sonnenschirm bei sich.
„Ich bin auf der Suche nach
den Osterinseln.
Ich soll dort die Zähne
der einheimischen Fledermäuse
untersuchen.

Leider habe ich mich verfahren."
Mia Maria seufzte erleichtert.
„Sie schickt der Himmel!
Wir haben hier nämlich
einen schwierigen Fall an Bord.
Wenn Sie unserem Käpt'n helfen,
schippern wir sie
zu den Osterinseln."
So wurde es gemacht.
Haukes Zahn war schnell gezogen.
Das tat natürlich ganz schön weh.

Und Haukes Backe blieb auch
noch einige Zeit geschwollen.
Deshalb schwor er sich,
in Zukunft immer
einen Flaschenöffner zu benutzen.

Geisterschiff ahoi!

Es war eine dunkle Nacht.
Nur eine dünne Mondsichel
hing am Himmel.
Die Trudi,
ein hübsches Segelschiff,
ankerte vor
einer unbewohnten Insel.
Da schob sich von backbord
lautlos ein Piratenschiff heran.
Doch die Seeleute auf der Trudi
hatten die Piraten längst entdeckt.
Weil sie nicht kämpfen wollten,
kletterten sie in ihre Beiboote.
Dann ruderten sie heimlich
zu der einsamen Insel hinüber.

Nur an die Schiffskatze Mink hatte
auf die Schnelle keiner gedacht.
Sie lag im Kapitänszimmer
unter einer Bank
und döste.
Als die Piraten
herangekommen waren,
stimmten sie ein lautes Gegröle an.

Sie setzten der Trudi
einen Schuss vor den Bug.
Aber auf dem Schiff blieb es ruhig.
Kein Matrose ließ sich blicken.
Botho Blutauge,
der Anführer der Seeräuber,
kratzte sich nachdenklich am Hals.

„Zwei Mann ins Ruderboot,
rüberfahren und nachsehen!“,
befahl er.
So ruderten der dünne Hans
und der plattfüßige Heinz
zur Trudi hinüber.

An Deck war alles still.
Vorsichtig durchsuchten die beiden
das Schiff.

Es war wirklich unheimlich!
In der Kombüse kochte
der Fischeintopf auf dem Herd.
Auf dem Tisch standen
Brot und Wein.
Sogar ein angebissener Apfel
lag auf einem Teller.
Aber kein Mensch war zu sehen.
„Merkwürdig, oder?“, fragte Hans,
der ein ziemlicher Angsthase war.
„Ha ... ha ... halt die Klappe!“,
stotterte Heinz.
Ihm war die Sache
auch nicht geheuer.
Aber das wollte er nicht zugeben.
Unter Deck war es nicht besser.
Das Schiff war wie ausgestorben.

„Das geht nicht
mit rechten Dingen zu“,
flüsterte Hans
und klammerte sich an Heinz.
„Hä ... Hä ... Hände weg!“,
stotterte Heinz und versuchte,
Hans abzuschütteln.
Aber der wollte
nicht mehr loslassen.
So stolperten sie in die Kajüte,
wo Mink noch immer lag und schlief.
Ohne es zu bemerken,
trat Heinz
der Katze auf den Schwanz.
Mink zischte kreischend
und fauchend
aus ihrem Versteck hervor.

Sie schoss an den Piraten vorbei
und zerkratzte ihnen dabei
gründlich die Gesichter.
Nun hatten Hans und Heinz
endgültig die Hosen voll.
Schreiend flohen sie von der Trudi
und ruderten zurück
zum Piratenschiff.

„Ein Geisterschiff!“, schrien sie
und zeigten
ihre zerkratzten Gesichter.
Da trauten sich auch
die anderen Seeräuber
nicht mehr an Bord der Trudi.
Nicht mal Botho Blutauge!
Die Piraten setzten Segel
und fuhren auf der Stelle davon.

Die Seeleute der Trudi aber
ruderten zurück an Bord.
Sie lachen noch heute
über die ängstlichen Seeräuber.

Ein gefürchteter Seeräuber

Tortuga war
das dreckigste Piratennest,
das man sich vorstellen konnte.
Niemand hatte jemals etwas Gutes
über die Stadt erzählt.
Und ausgerechnet hier wurde
Pinkie Schellack geboren.
Sie war die Tochter
von Jim Schellack,
einem großen Seeräuber.
Alle fürchteten ihn.
Nur Pinkie nicht.
Sie wusste,
was die anderen nicht wussten:
Dass Jim die ganze Seeräuberei

gehörig satt hatte.
„Immer nur mit Pistolen rumfuchteln
und Leute erschrecken“,
seufzte ihr Vater.
„Das macht auf Dauer keinen Spaß.
Viel lieber würde ich
bei euch zuhause bleiben.“
Aber Pinkies Mutter Amanda sagte:

„Du bist ein gefürchteter Seeräuber,
Jim.
Was willst du tun,
wenn du deinen Beruf
an den Nagel hängst?“
So fuhr Jim Schellack
weiter aufs Meer hinaus
und raubte Schiffe aus.

Zu dieser Zeit machte
ein fremdes Schiff
die Gewässer vor Tortuga unsicher.
Es überfiel Piratenschiffe,
die nach einem Raubzug
in den Hafen fahren wollten.
Blitzschnell kam es längsseits.
Die Enterhaken flogen,
und leichtfüßige Piraten
stürmten an Bord.
Ihre Gesichter waren
hinter schwarzen Tüchern verborgen.
In Sekundenschnelle plünderten sie
die Seeräuber aus.
Dann verschwanden sie so schnell,
wie sie gekommen waren.
„Unerhört!“,

schrien die Leute aus Tortuga.
„Wer wagt es,
friedliche Piraten auszurauben?“
Aber die fremden Seeräuber
ließen sich nicht erwischen.
Sie waren viel zu schnell
und viel zu schlau.
„Du bist ein gefürchteter Seeräuber“,
sagten alle zu Jim Schellack.

„Du kannst sie schnappen."
Also fuhr Jim hinaus
und stellte ihnen eine Falle.
Als die Piraten sein Schiff enterten,
schnappte er den Anführer
und riss ihm das Tuch vom Gesicht.
Er war starr vor Schreck.
Seine Tochter Pinkie stand vor ihm.
„Was machst du denn hier?",

fragte er erstaunt.
Verlegen schaute sie auf ihre Füße.
„Ich wollte auch mal ausprobieren,
wie es ist,
Seeräuber zu sein“, sagte Pinkie.
„Ich finde es gar nicht schlecht,
mit Pistolen rumzufuchteln
und Leute zu erschrecken.“
Jim kratzte sich verwirrt am Kinn.
Da hörte er plötzlich
die Stimme seiner Frau.
Das wurde ja immer besser!
Auch Amanda hatte
bei den fremden Piraten
mitgemacht!
„Lass uns doch in Zukunft
zusammenarbeiten“,

schlug Amanda vor.
„Ich finde es auch langweilig, immer nur zuhause zu sitzen.“
Von da an fuhren sie nur noch gemeinsam aufs Meer hinaus.
Und sie brachten noch viel Gold und fette Beute mit nachhause.

Jonny und die Leuchtturmprinzessin

Jonny Binck war
ein hervorragender Pirat.
Das Piratenabitur hatte er
mit Auszeichnung bestanden.
Er hatte massenhaft
Gold gestohlen,

Seeleute beraubt
und Schiffe überfallen.
Nur eine Piratenbraut hatte er
noch nicht gefunden.
Nun war ihm zu Ohren gekommen,
dass der englische König
seine Tochter eingesperrt hatte.
Auf einem Leuchtturm vor der Küste.
Wer sie befreite,
durfte sie heiraten.

Was Jonny nicht wusste:
Prinzessin Lilly wollte gar nicht geheiratet werden.
Jedenfalls nicht von einem Grafen mit parfümiertem Taschentuch und einer Feder am Hut.
Sie wollte ein aufregendes Leben.
Und nicht in einem Schloss versauern.

Deshalb hatte der König sie
auf dem Leuchtturm eingesperrt.
Dorthin schickte er
die heiratswütigen Prinzen.
Das war natürlich nicht
die feine englische Art.
Aber der König wusste sich
nicht anders zu helfen.
Als Jonny mit dem Piratenschiff
vor dem Leuchtturm aufkreuzte,
sah Lilly gerade aus dem Fenster.
Sie hatte noch nie
einen Seeräuber gesehen.
Deshalb hielt sie Jonny erst
für einen etwas
heruntergekommenen Prinzen.
„Moin, Prinzessin“, brüllte Jonny.

Er hatte ja noch nie
eine Prinzessin befreit.
Er wusste nicht so recht,
wie er die Sache angehen sollte.
„Ich will dich befreien
und zur Frau nehmen!“
Lilly warf einen Blick
auf Jonnys Schiff.
Dann sagte sie:
„Du glaubst doch nicht im Ernst,
dass ich auf diesen Kahn steige.“
Natürlich war Lilly
als waschechte Prinzessin
ein bisschen verwöhnt.
Aber in gewisser Weise
hatte sie Recht.
Die Seepocke sah

ziemlich verlottert aus.
Ihre Planken waren morsch,
die Farbe blätterte ab,
die Segel waren ein wenig löchrig.
Genau wie ein Seeräuberschiff
aussehen soll.
Jonny schluckte.
Er war ein bisschen beleidigt.

Aber er wollte doch unbedingt
eine Piratenbraut.
Deshalb schluckte er
seinen Ärger herunter.
„Nun ja ...", sagte er vorsichtig.

„Das ist ein Piratenschiff.
Es muss so aussehen!
Sonst kann man damit
keine Seeleute erschrecken."

Die Prinzessin horchte auf.
„Piratenschiff? Leute erschrecken?
Ich dachte,
du bist einer von diesen Prinzen,
die mein Vater immer vorbeischickt."
„Nee, äh, eher nicht", sagte Jonny.
„Und wenn ich mitkomme,
muss ich nicht im Schloss wohnen
und Topflappen häkeln?"
„Ich glaub nicht", überlegte Jonny.
„Dann wirf mal deinen Enterhaken
rüber!", rief die Prinzessin.
So holte Jonny Lilly an Bord.
Und zusammen führten sie
ein aufregendes Piratenleben.

Die Autorin

Christine Raudies wurde 1970 in der Nähe von Hamburg geboren. Dort hat sie auch angefangen, sich Geschichten auszudenken und diese aufzuschreiben. Inzwischen lebt sie mit ihrem Mann und ihrem Sohn in Hemmingen nahe Hannover. Bei Regen zieht sie am liebsten ihre Gummistiefel an und geht in den Garten, um den Pflanzen beim Wachsen zuzuschauen. Weitere Informationen unter www.raudieschen.de

Der Illustrator

Sebastian Coenen wurde 1978 in Mönchengladbach geboren. Er hat in Münster Grafikdesign studiert und arbeitet seit März 2005 als selbstständiger Illustrator Außerdem ist er freier Mitarbeiter einer Werbeagentur in Düsseldorf. Sebastian schätzt die Abwechslung in seinem Beruf, malt aber am liebsten für Kinder, da er dann seiner Fantasie freien Lauf lassen kann.